KB089593

식물을 그리는 여자

낀 세대의 식물 세밀화 이야기

식물을 그리는 여자

• 낀 세대의 식물 세밀화 이야기 •

글 · 그림

백희순

바른북스

나는 식물 이야기를 그리는 작가다.

친구들을 만나면 우리는 '낀 세대'라고 말한다.

내가 친정엄마를 이해하게 된 나이가 되면서, 미안한 마음이 컸다. 지금은 요양원에 계시지만, 나의 훗날 모습을 보는듯하여 마음이 편하지 않다. 부모님을 챙겨드리고, 다 큰 아이들의 눈치(?)도 봐야 하는 낀 세대인 것이다. 부모님이 주신 사랑이 절절히 소중한 걸 그때는 몰랐듯이, 삶은 '내리사랑'이라 했다.

자녀들에게 할애하는 시간이 줄면서 나의 시간이 늘어났다. 잘 키우지도 못하면서 늘 식물을 샀다. 내 손을 거쳐 간 화분이 참 많았다. 동냥으로 배운 상식으로 베란다의 화분이 늘어나면서 꽃 이름을 외울 수가 없었다. '이름표에 꽃을 그리자'는 생각에 인터넷에서 꽃그림을 검색했다. 그때 만난 것이 식물 세밀화(일명 Botanical Art)였다.

〈(사)한국숲해설가협회〉의 생태 세밀화 강의를 등록하고 선 긋기부터 시작했다. 10년 이상의 세월에 식물 그리기와 함께 나이가 들었다. 물론 아내, 엄마, 주부는 동시 진행이지만, 틈틈이 뭔가 할 일이 있어 행복했다. 꽃 이름을 알고, 그림을 그리고, 칭찬받으며 춤추는 고래가 되었다. 생물학이나 미술전공자가 아니라는 공백에 더 열심이었던 결과로, 〈(사)한국식물원수목원협회〉 세밀화위원회의 위원에 소속되어 그림 작업과 전시를 하고 있다. 국립수목원의 식물 세밀화 사업에 참여하여 수목원에 소장되는 식물 세밀화를 그리고, 식물 세밀화 공모전에 응모하여 상도 받고, 소소하게 강의도 한다.

지구를 점령한 식물은 다양한 전략으로 진화의 과정을 거쳐 생존해왔다. 식물은 사계절의 모습을 다양하게 보여준다. 아름답기도 하지만, 그 속을 가까이 들여다보면 많은 이야기가 있다. 우리는 키우는 식물을 반려식물이라 부른다. 그러면서 식물과 내가 서로 길들이고 있는 건 아닌지 모르겠다. 긴 시간 그려온 식물 그림들을 모아 정리해 보니, 나의 진화과정이 보였다. 원예식물에서 야생식물로 관심이 바뀌면서 들풀들을 꽤 그렸다.

나이 들어 혼자 좋아할 거리가 있다는 것은 참 다행이다. 식물들을 하나씩 알아가면서 그린 이야기를 들려주고 싶어 용기를 낸다. 이 책 속의 식물 중에 아는 것이 있거나, 관심이 생긴다면 참 좋을 것 같다.

• 목차 •

자생식물

귀화식물 외래식물

원예식물

그 외의 식물들

• PART 1 •
자생식물

개나리

(물푸레나무과*)

옛날엔 곱게 차려입은 양반을 부를 때 '나리'라 불렀다. '나리'는 순우리말이다. 조금 작고 볼품이 없어 '개'가 붙었다.

봄을 장식하는 벚꽃과 같이 눈을 즐겁게 해주는 꽃이다. 암수한그루, 암수딴그루, 양성화 등의 주장이 많다. 뭐가 먼저였는지는 몰라도, 휘묻이로 번식이 잘 되면서 수꽃(단주화)이 피는 개나리가 많다. 개나리꽃은 암술 길이를 기준으로 암술이 수술보다 길면 장주화, 수술 사이에 짧은 암술이 있으면 단주화로 구별한다. 암꽃이 귀해 열매를 거의 못 본다.

서울역 앞 고가도로가 2017년도에 공원으로 변하면서 여러 식물들이 심어졌다. 거기에 가면 개나리, 장수만리화, 산개나리, 영춘화 등을 다 볼 수 있다. 어떻게 다른지 관찰하기가 좋다.

* **물푸레나무과**
가지를 잘라 물에 넣어두면 푸른색이 우러나와 붙은 이름이다.
쥐똥나무, 수수꽃다리(라일락), 물푸레나무, 올리브 등

H.S.BNK.

02 청나래고사리 포자엽

(야산고비과)

국립수목원의 식물 세밀화 사업에 참여하면서 양치식물을 3년 동안 그렸다. 원시식물에 속하는 양치식물은 구별하기가 참 어렵다. 그 덕에 양치식물을 만나면 꼭 잎을 뒤집어 포자낭군의 모양을 본다.

양치식물은 모든 잎에 포자를 만들지 않는다. 봄에는 몸을 키우는 영양엽을 올리고, 여름부터 번식을 위한 포자엽을 낸다. 그 포자엽의 뒷면에는 포자를 꽉 채운 포자낭군들이 다닥다닥 붙어있다. 포자낭군의 모습이 제각각이라 비교기준이 되기도 한다.

이 포자엽을 주워 들고 귀가했는데, 책상 위 가득 까만 포자가 먼지처럼 떨어져 있어서 깜짝 놀랐다. 루페로 봐도 모양이 잘 안 보일 만큼 작다. 이 포자를 '홀씨'라고 한다. 민들레의 날아가는 씨앗은 홀씨가 아닌 그냥 씨이다.

내가 그려본 양치식물 중에 고비와 관중은 이른 봄에 포자엽이 먼저 나와 포자가 익으면, 생장엽이 나온다.

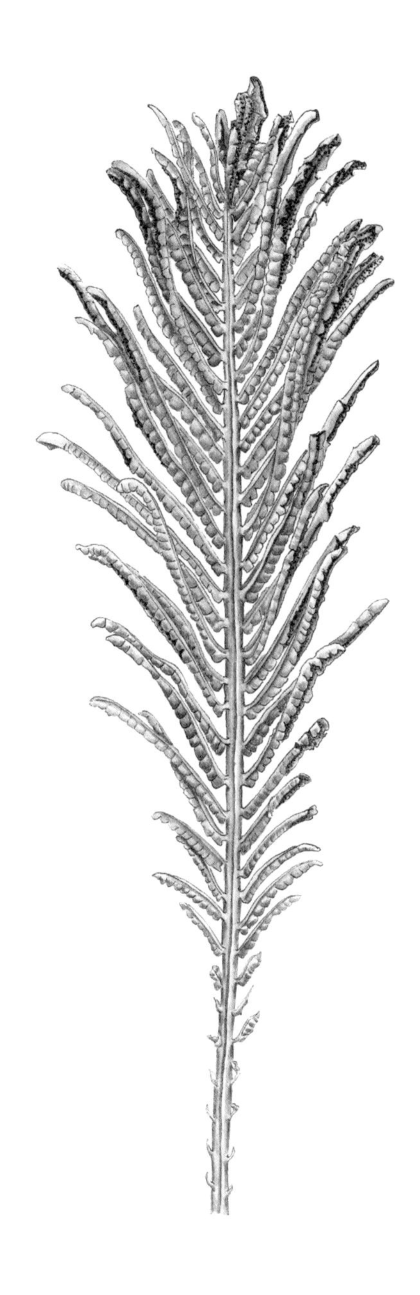

03 광대나물(꿀풀과)

자주광대나물을 그리면서 광대나물은 어떻게 다른지 궁금했다.

영국의 〈SBA(영국식물세밀화협회)〉의 DLDC(원거리교육과정)에 식물 세밀화의 해부도를 그리는 과제가 있어 광대나물을 선택했다. 우리 자생식물이라 맘에 들었는데 꽃도, 전체 모습도 참 이쁘다.

자주광대나물(귀화식물)과 비교하면 꽃 색도 더 선명하고, 잎의 주름도 똘똘하다. 꽃은 그림에서 보듯이 2개로 갈라지는 위쪽의 입술 꽃잎과 3개로 갈라지는 아래의 입술 꽃잎이 있다.

광대는 색색의 천으로 치장하고 흥을 돋우는 탈춤을 추는 사람이다. 아마도 그 화려한 옷차림과 닮은 잎차례 모습에서 이름이 붙여진 듯하다.

봄날 공원에 가면 참 많이 보인다.
식물을 알아보는 데는 정말 '아는 만큼 보인다'라는 말이 정답이다.

04 꽃다지(배추과)

꽃차례가 다닥다닥 붙어 아래에서 위로 꽃이 피고 열매를 맺는 모습에 꽃다지라고 부른다. 꽃다지는 2년생 풀이며, 이른 봄에 작은 노란 꽃을 열심히 피우고 씨를 퍼뜨린다. 그래서 주변은 금방 꽃다지 천지가 된다.

추운 겨울에도 사그라들지 않고 털보숭의 도톰한 뿌리잎을 방석처럼 땅에 붙이고 버티다가, 이른 봄날 뿌리 잎의 줄기가 자라 꽃을 피운다.

봄에 떨어진 씨는 바로 발아하여 몸집을 키운다. 좀 늦은 씨는 작은 몸집을 만들어 겨울을 난다. 그래서 크기가 다양한 꽃다지의 겨울 모습을 그려보았다.

05 그늘골무꽃(꿀풀과*)

국립수목원에는 매년 3월에 일반인을 위한 광릉숲문화학교(구 식물교실)을 운영한다. 좀 멀긴 하지만 월 2회 국립수목원을 주기적으로 갈 수 있다는 것이 좋아 식물분류교실을 열심히 다닌 적이 있다.

늦은 봄 광릉수목원을 돌며 식물들을 설명하시던 이정희 박사님께서 자생하는 그늘골무꽃을 보여주시며 나에게 그려보라고 숙제를 주셨다. 주어진 기회에 힘입어 쉽게 구할 수 없는 식물을 받아 검색하고, 특징을 비교하여, 이야기를 담은 세밀화를 그렸다.

골무는 반짇고리의 도구인데, 이 식물의 어디가 골무를 닮았을까? 아하~ 꽃이 떨어지고 난 후의 꽃받침 모습이 골무를 닮았다. 그러나 열매가 익으면서 꽃받침은 닫힌다. 이 작은 꽃의 한 부분에서도 반짇고리 도구의 이름을 연상하는 옛 여인들의 섬세한 감성이 보인다.

골무꽃의 종류는 참 많고 비슷하지만, 이렇게 하나씩 알아가는 재미도 참 좋다.

* **꿀풀과**
향을 내는 선모(샘이 달린 작은 털)가 있다. 줄기는 보통 사각형이고, 잎은 마주나기이다. 꽃이 길쭉하고, 4개의 수술 중 2개는 짧다. 박하, 석잠풀, 샐비어, 로즈메리, 바질, 꿀풀 등이 여기에 속한다. 보통은 향기와 꿀이 들었다.

06 냉이(십자화과)

봄이 되면 온갖 냉이가 지천이다.

나도냉이, 말냉이, 미나리냉이, 물냉이, 는쟁이냉이, 개갓냉이 등등.
냉이는 먹을 수 있는 채소로 나이, 남새, 나생이, 등에서 유래한 순우리말이다.

십자화과식물은 4개의 꽃잎과 꽃받침이 서로 마주 본다. 너무 이른 봄에 꽃이 피어 미처 곤충의 도움을 받지 못해 자가수정을 한다. 열매는 하트 모양으로 줄기에 돌려서 달린다. 두해살이풀* 이어서 부지런히 씨앗을 만들어 터뜨린다.

추운 겨울에도 땅 위에 잎을 내어 웅크리고 있다가 따스한 봄이 오면 땅에 다닥다닥 붙어있던 잎 사이로 꽃대를 길게 낸다.

* **두해살이풀**
가을(당해)에 싹이 내어 로제트 형태로 겨울을 나고, 이듬해 봄에 자라 꽃이 피고 열매를 맺은 뒤 마감하는 풀(보리, 무, 배추, 유채, 완두 등)

07 도라지(초롱꽃과)

도라지 도라지~. 백도라지~~.

나물로 먹는 덩이뿌리의 먹거리 식물이다. 감기, 기관지에도 좋은 약재로 쓰인다.

파종하고 3년은 지나야 먹을만한 뿌리를 캘 수 있다. 요즘은 관상용으로도 심어 흔히 볼 수 있다. 어릴 때 꽃봉오리를 팡팡 터뜨리며 놀던 추억이 생각난다.

꽃받침도, 꽃잎도, 수술도, 암술머리의 갈라짐도, 씨방도 모두 5개이다. 꽃은 통꽃이고, 여리여리하게 길게 줄기를 뻗어 꽃을 피운다.

08 도토리(참나무과)

먼 옛날 도토리는 돼지들의 먹이였다. 어원은 '돗(돼지)+ 도리'이며 쓰임이 변하여 지금은 '도토리'로 불린다.

참나무과(참나무속)에 속하는 열매들은 도토리처럼 깍정이(비늘잎)가 붙어 있는 것이 많다. 참나무라는 나무는 없지만, 우리에게 도움을 주는 '참 좋은 나무'들이 많아서 과명에 '참나무'가 붙었다. 먹거리도 주지만 수피로는 병마개를 만드는 코르크를 만들기도 한다.

옛 선조들은 식물의 이름을 먹거리나 생활에서 찾은 것 같다.

- **상수리나무** : 임금님의 수랏상에 요리로 올라가는 열매.
- **떡갈나무** : 떡을 감싸두면 덜 상한다 하여 사용함.
- **졸참나무** : 잎도 열매도 가늘지만, 묵 맛은 가장 맛있다.

그림의 6종류가 묵이나 전을 만들어 먹는 도토리이다.

맨 위부터 시계방향으로
졸참나무, 상수리나무, 신갈나무, 떡갈나무, 갈참나무, 굴참나무

"도토리는 다람쥐에게 양보합시다~~~."

09 뚜껑덩굴(박과)

풀 공부에 한창일 때 알게 된 식물이다.

물이 있는 공원에서 보았다. 이름도 열매도 특이해서 관심 있게 관찰하고 그리게 되었다.

연한 노랑꽃은 크기가 5mm도 되지 않아 눈에 잘 띄지 않는다. 열매는 자루에 뚜껑이 달려 씨앗을 아래로 떨어뜨리는 구조이다. 잎도 독특하지만, 덩굴손의 꼬물꼬물한 모습이 참 귀엽다.

나중에 알게 되었지만, 암꽃과 수꽃이 한 줄기에 달린다. 물가에 사는 식물로 자세히 보면 생각보다 많이 보인다.

나는 수꽃만 그렸나 보다. 내년에 암꽃을 찾아봐야겠다.

10 메꽃(메꽃과)

메꽃은 우리나라 토종식물로 '메'는 '뫼'라는 옛말로 '흰 뿌리'를 의미한다. 배고픈 시절에 구황식물로 대접받던 식물이었다. 1800년대 어디선가 유입된 나팔꽃에 밀려 잘 알려지지 않았다. 메꽃 종류로는 큰메꽃, 애기메꽃이 있고, 잎 모양과 꽃받침 모양이 조금씩 다르다.

메꽃은 낮에 피어 오후에 시든다. 다년생식물이라 열심히 열매를 맺으려 하지 않는 것 같다. 반면 나팔꽃은 일년생식물이라 아침 일찍 꽃을 피워 열심히 씨앗을 만들어 떨어뜨린다.

메꽃과 나팔꽃은 꽃과 잎의 모양이 다르기도 하지만, 덩굴이 감기는 방향도 다르다. 메꽃은 오른쪽으로, 나팔꽃은 왼쪽으로 감아 올라간다. 물론 반대 방향으로 감는 아이들도 있긴 한 걸 보면 가끔 삐뚤어지는 나와 비슷한 것 같다.

길을 걷다가 메꽃이 눈에 띄면 걸음을 멈춰 '나 너 알아~' 인사한다.

11 바위취(범의귀과)

예부터 식물 이름에 ~취, ~추, ~치가 붙으면 먹을 수 있다 하였다. 시금치, 상추, 부추, 배추, 곰취 등등.

바위취는 돌 틈 사이에서 잘 자라서 붙은 이름이다. 한여름에 꽃이 피면 작은 분홍 나비가 나풀나풀 날아다니는 것 같다. 손길에 잎이 떨어질라 숨도 멈추고 바라본다. 털투성이의 두꺼운 진청록색 잎은 무더위도 쉬어가게 한다.

애기 러너를 열심히 만들어 내년엔 정원을 가득 채울 생각인가 보다.

12 봄나물(갯방풍, 두릅, 돌미나리)

가끔 외국여행을 다니면 우리나라만큼 채소를 활용한 다양한 음식을 만날 수가 없다. 우리나라의 식문화는 정말 대단하고 자랑스럽다.

영국의 〈Society of Botanical Artist〉라는 협회에서는 외국인들을 위한 DLDC(Distance Learning Diploma Course)라는 원거리 수업과정이 있다. 2개월마다 주제가 있는 과제 그림을 보내어 평가를 받는데, 그중에 채소나 과일을 그리는 과정이 있었다.

마침 이른 봄이어서, 우리나라의 야생에서 얻는 봄나물을 그렸다. 그림과 같이 설명도 써서 보내야 하는데, 돌아온 회신에는 '놀랍다'였다. 새순을 내기 위해 겨우내 영양분을 응축한 봄나물은 각각의 향과 맛이 독특하고 건강한 음식이다. 그런 것을 자랑하고 싶었다.

- 방풍(防風)은 중**풍**을 예**방**하는 식물로 널리 알려져 있다.
- 두릅순은 역시 봄의 대표 나물로 귀한 대접을 받는다.
- 일반적으로 먹는 미나리는 대부분 돌미나리이고, 피를 맑게 한다고 권하는 채소이다.

13 수선화(수선화과)

봄이면 가게들은 봄꽃들로 꾸민다.

구근식물로는 프리지어, 튤립, 수선화, 히아신스, 무스카리, 크로커스 정도이다.

노랑은 봄의 시작을 알리는 색이다. 초등학교 1학년의 노랑 책가방, 교문 앞에서 파는 노랑 병아리, 여기저기 터지는 노란 개나리, 노랑 산수유꽃 등 참 많다. 봄에 꽃집에 가면 유난히 노랑꽃이 많다. 아마도 수분의 매개체인 곤충의 눈에 노랑이 잘 보이기 때문이지 않을까 싶다.

수선화 유래

그리스 신화에 나오는 미소년 나르시스(Narcissus)가 물에 비친 자신의 모습에 반하여 시름시름 앓다가 죽어 꽃이 되었다는 유래가 있다. 그래서 수선화꽃은 아래를 쳐다보나 보다.

왕벚나무 –Prunus yedoensis Matsum(장미과)

봄을 화사하게 알리는 벚나무… 언제인가부터 왕벚나무(*Prunus yedoensis Matsum.*)로 부르고 있다.

다른 벚나무들과 비교하면 왕벚나무의 꽃자루와 암술대에는 털이 있다.

일제강점기 때 일본인들이 창경궁에 왕벚나무를 많이 심고, 동물원으로 만들었다. 우리나라의 관습으로는 궁에 잔디를 심지 않으며, 산소에만 잔디를 심는다. 일제강점기 때 궁궐에 잔디를 심었다는 애기를 듣고 '욱'했던 기억이.

김민철의 꽃 이야기(2022.4.12. 조선일보)

1901년 일본 식물학자가 왕벚나무 학명에 에도(yedoensis)라는 일본 지방명을 넣으면서 일본이 원조라 주장했다.

그런데 에밀타게 신부(프랑스인, 선교사, 식물학자)가 1908년 제주도 한라산 자락에서 왕벚나무의 자생지를 발견하였다. 제주도의 왕벚나무는 2018년 국립수목원의 주도로 유전자 분석결과 일본의 왕벚나무와 다른 종임을 밝혔다(눈으로의 구별은 어려울 듯).

110년간의 원조 논쟁은 끝났지만, 어느 것을 왕벚나무로 부를 것이냐가 문제이다. 결국 제주의 왕벚나무는 '제주왕벚나무'로 칭하기로 하고, 제주시는 제주도에 식재된 왕벚나무를 제주왕벚나무로 교체해 나가기로 정했다고 한다. 전국에 심어져 있는 일본의 왕벚나무를 서서히 제주왕벚나무로 교체하자는 주장도 이어지고 있다(왕벚나무프로젝트 2050).

×1
×6
×6
×2
×3
×6

15 야고(열당과)

억새밭 뿌리에 기생*하는 한해살이 작은 식물(5~7cm)이다. 쉽게 보기 힘든 식물이다.

서울 마포구의 난지도에 공원을 조성하면서 산에서 퍼온 흙에 딸려온 듯하다. 하늘공원에 억새가 익어 멋진 풍광을 만들 때 가면 종종 만날 수 있다. 꽃은 9월에 피고, 아래로 향하는 꽃이 달린다. 엽록소가 없고 전체에 갈색을 띤다. 야고는 전적으로 억새에 의지하고 살아간다.

* **기생식물**
기주식물로부터 물 또는 양분을 흡수하여 생활하는 식물.

16. 여주(박과*)

박과 식물로 한해살이 덩굴식물이다. 꽃은 수세미꽃, 오이꽃과 비슷하다.

여주(Bitter gourd)의 쓴맛 때문에 고과(苦果)라 하며 한방의 약재로 쓰인다. 열매의 돌기에 끌려 선택했지만 도 닦는 마음(?)으로 완성했다. 더 완숙한 열매였다면 안에서 터져 나온 빨간 씨의 매력을 더했을 텐데, 좀 아쉬웠다.

언젠간 여주의 전체 모습을 그려보리라.

* **박과**
덩굴식물로 대부분 암꽃과 수꽃이 따로 피는데, 대부분 암수한그루 또는 암수딴그루이다. 잎은 손바닥 모양으로 갈라진 단엽이고, 흔히 덩굴손이 있다.

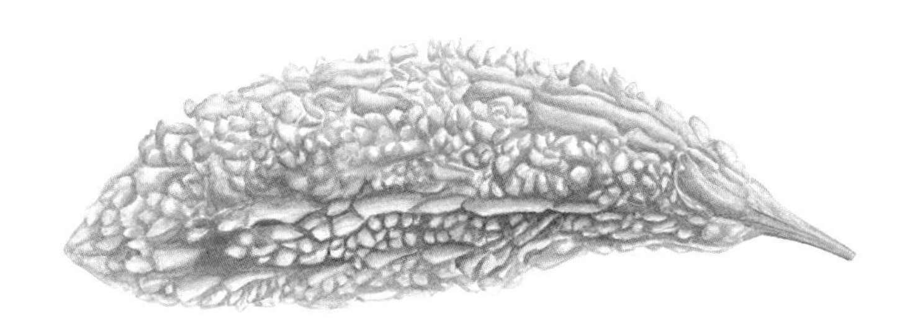

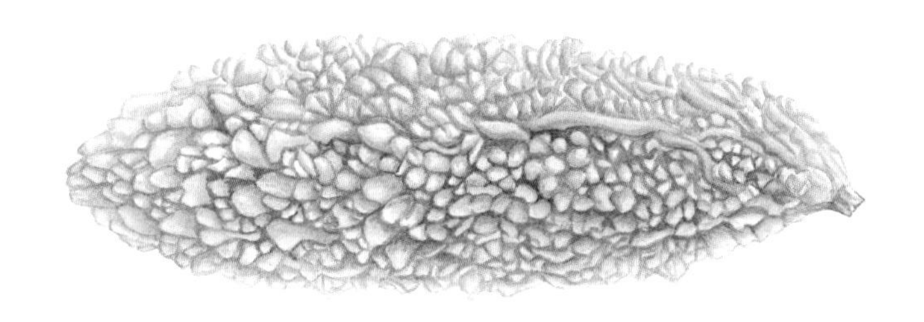

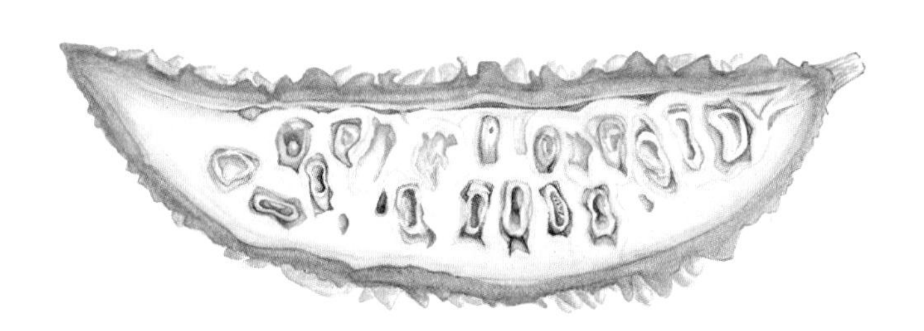

17 연꽃(연꽃과)

대표적인 수생식물로 뜨거운 여름에 시원한 위로가 되는 꽃이다.

맛난 연근도 내어주는 연꽃은 종교적 의미가 커서 성스러움이 느껴진다. 탁한 물을 정화하고 홀로 고귀하게 피어나는 꽃이지만, 잎도 범상치 않다. 잎 뒷면의 중앙에 작은 가시와 털이 덮인 자루가 달리며, 잎의 오목한 가운데에 물을 받아 수분을 유지한다. 연꽃의 흔적은 1억 년 전에도 있었다고 한다. 그래서 연자(연밥의 종자)는 몇천 년이 지나도 발아가 가능하다.

연씨의 발아 방법은 씨의 위, 아래를 좀 갈라 구멍을 내어 젖은 휴지에 싸두면 3~5일에 뿌리를 낸다. 아파트에 사는 나는 연 키우기에 실패했다. 큰 화분의 밑을 시멘트로 막고, 그 독을 빼기 위해 한 달 이상 물을 갈아주며 애썼는데, 발아한 씨앗은 결국 더 물러버렸다.

연꽃은 맑은 물에서는 못 산다. 해를 보고 살아야 한다. 또한 환경에 맞춰 작은 연못에서는 잎도 꽃도 작게 만든다. 다시는 자연의 순리에 억지를 부리지 않기로 했다.

연꽃의 종류

- 연꽃 : 수면 위로 긴 꽃과 잎이 나와있는 것.
- 수련(睡蓮) : 낮에는 수면에 잎과 꽃이 떠있고, 밤에는 물속에서 잠을 잔다.
- 어리연꽃 : 조름나물과에 속하며 어린(아주 작은) 연꽃이다.

18 용담(용담과)

여름 끝자락에 산속에서 피는 여러해살이풀이다.

선명한 청보라 색이 눈에 잘 띄어 이쁨받는다. 용담처럼 청색을 내는 식물은 그다지 많지 않다. 그래서인지 맑은 날은 하늘을 향해 꽃잎을 활짝 연다고 한다.

용담의 어원은 뿌리가 용(龍)의 쓸개(膽)보다 쓰다고 하여 붙은 이름이다.

19 인동덩굴(인동과)

추운 겨울을 녹색 잎으로 버텨낸다(忍冬)는 의미로 붙여진 이름이다.

6~7월에 향기로운 하얀 꽃이 마주나면서 피다가 노란색으로 진다 하여 금은화라고 불리기도 한다. 덩굴성으로 어디서나 잘 자라며, 잘 퍼져서 1차 식생지(척악지*)의 대표적인 식물이다. 겨울에는 까만 씨앗이 2개씩 마주나 붙어있다.

인동덩굴은 고대 이집트, 고대의 그리스, 로마, 인도, 중국 등 여러 나라에서 건축이나 공예의 장식무늬로써 쓰였고 고대 예술문화의 유산에서도 볼 수 있다. 고구려의 벽화에서도 찾아볼 수 있는 오래된 우리 식물이다.

가끔은 원예종으로 들여온 붉은인동덩굴도 보인다.

* **척악지**
불이 나거나, 환경의 악화로 척박해진 땅.

H.S.BAIK.

20 으름덩굴(으름덩굴과)

한국 바나나로 불리는 덩굴나무이다.

한 꽃대에 수꽃과 암꽃이 따로 피는 암수한그루이다. 꽃대에서는 작은 수꽃들이 먼저 달리고, 조금 더 긴 꽃대에 암꽃이 한 개씩 달린다. 여기에는 숨은 비밀이 있다. 암꽃과 수꽃의 꽃잎은 꽃잎이 아니라 꽃받침이다. 아마도 암술과 수술을 만드는 데 에너지를 쓰느라 꽃잎을 포기한 것 같다.

통통한 여러 개의 암술이 수정되면 키위만큼 큰 열매를 만든다. 먹어본 적은 없지만, 씨가 엄청 많아서 먹기엔 좀 불편하다고 한다.

지금은 주변에 많이 보이지만 내가 식물을 몰랐을 때는 전혀 본 적이 없다. 아기 손 같은 잎이 너무 이쁘다.

H.S.BAIK

21 종덩굴(미나리아재비과)

딸랑딸랑 어디선가 종소리가 들리는 듯~.

여름날 산길을 걷다 보면 숨은 듯 안 숨은 듯 눈에 띄는 종덩굴이 있다.

자생하는 덩굴식물로 목본이며, 줄기의 마디에서 잎과 꽃이 마주나온다.

잎은 3개의 작은 잎이 복엽으로 달리고, 꽃은 종 모양으로 밑으로 처진다. 통꽃의 도톰한 꽃잎은 끝이 뒤로 젖혀진다. 꽃이 수정이 되면 통꽃은 자방을 남겨두고 그대로 뚝 떨어져 버린다. 꽃대 끝에 달린 열매는 긴 깃털이 달린 씨앗이 솜뭉치처럼 가득하다. 그 모습이 클레마티스(으아리)와 닮았다.

언젠가 텔레비전에서 식물의 생존 방법을 방영한 적이 있다. 으아리 속 식물의 씨앗은 땅에 떨어지면 씨앗에 달린 깃털이 햇빛이 움직이는 방향과 그 온도에 따라 빙글빙글 돌면서 종자를 땅속으로 파묻는다.

식물들도 나름대로 계획이 있나 보다.

22 쥐방울덩굴(쥐방울덩굴과)

낙엽이 떨어지면서 숲에 공간이 생기면 여기저기 매달린 열매가 보인다.

꽃은 작은 노랑색으로 나팔처럼 생겨 잘 안 보이지만, 가을에 아기 주먹만 한 열매가 대롱대롱 달려있어 아는 사람에게는 잘 보인다. 자세히 보면 낙하산을 뒤집어 놓은 것 같다. 꽃대였던 부분이 6갈래로 갈라져서 열매를 잘 잡고 있다. 열매 안에는 6개의 방이 있고, 그 안에는 얇은 씨앗들이 차곡차곡 쌓여있다. 식물마다 생김새가 다르듯이 씨를 퍼뜨리는 방법도 제각각이다.

그럼 이 쥐방울덩굴은 어떻게 씨를 날려 보낼까?

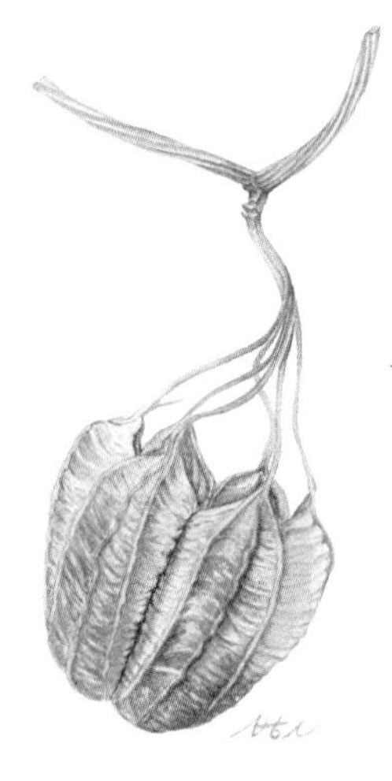

빗물이다.

비가 오면 열매 안에 빗물이 고여 씨앗을 불린다.
물이 가득 차올라 넘치면, 씨앗들은 그 물결을 타고 아래로 떨어져 빗물에 흘러간다.
식물들의 살아가는 방법들을 보면 놀랍다 못해 존경스럽다.

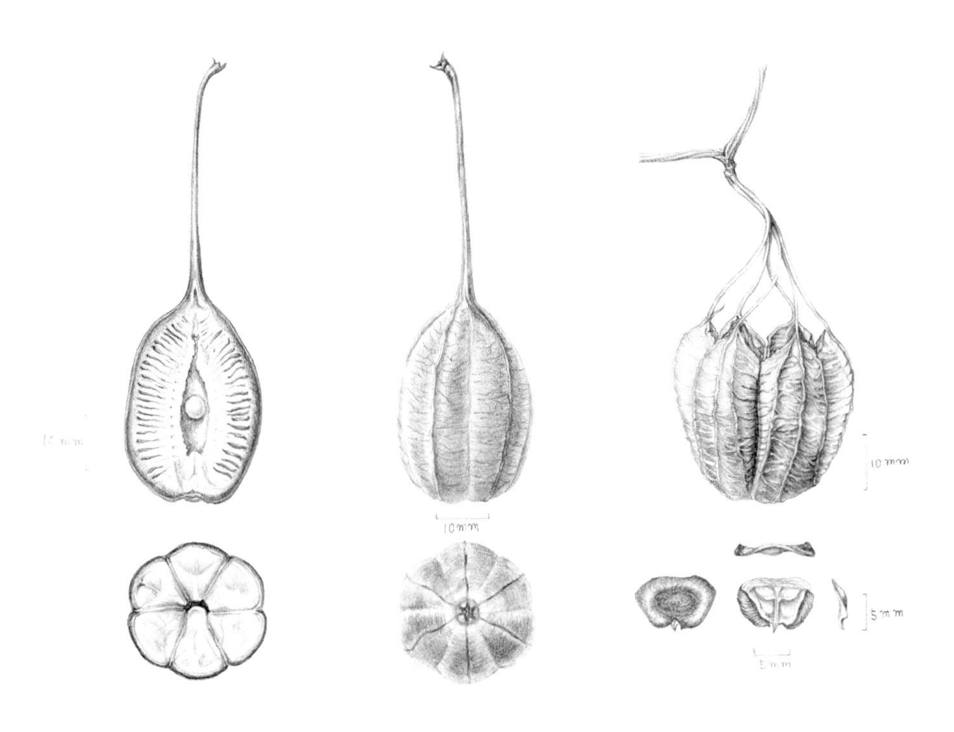
10mm
10mm
10mm
5mm
5mm

23 죽절초(홀아비꽃대과)

'사랑의 열매'가 아닐까 싶은 나무이다.

잎이 대나무를 닮아서 지어진 이름이다.

사랑의 열매는 1970년대부터 보건복지부 산하 이웃돕기추진운동본부에서 불우이웃돕기 성금 모금의 상징으로 만들어진 로고이다. 실제로 사랑의 열매가 어느 나무의 열매인지 의견이 참 많다. 사회복지공동모금회의 소개에는 백당나무와 연결하여 설명하고 있지만, 호랑가시나무, 백량금, 낙상홍, 피라칸다. 죽절초 등도 언급되고 있다.

남쪽 지방이나 제주도에 자생하는 식물로, 흔히 볼 수 없다. 제주도의 한라수목원에서 열매가 달린 죽절초를 보았다. 사랑의 열매일 수도 있겠다 싶어 소품으로 그려보았다.

어느 해인가 인사동 전시 때, 나이 드신 여성분이 이 작은 그림 앞에 한참을 서 계셨다. 걸음을 멈출만한 그림이 아니기에 옆에 가서 말을 걸었다. "내가 고등학생 때 사랑의 열매 마스코트 공모전이 있어서 이걸 그려서 상을 탔어." 하시며 사랑의 열매를 가리켰다. 마침 그림의 한구석에 사랑의 열매를 꽂아 두었었다. 고향은 부산이시고, 어느 식물의 열매인지는 모른다고 하셨다. 연락처라도 받아둘 걸…. 두고두고 많이 아쉬웠다.

24 측백나무과 3종

겉씨식물들은 늘 헷갈린다.

국립수목원의 식물 교실에서 분류학*을 배울 때 그려본 그림이다.

측백나무과 속분류에 속하는 식물을 구별할 때에는 수형과 열매도 중요하지만, 잎의 모양과 위치도 동정하는 포인트가 된다.

측백나무과

특징 1 나무껍질은 세로로 골이 진다.
특징 2 잎은 단엽으로 대개 두 줄로 어긋나게, 또는 3~4장씩 돌려난다.
특징 3 종자구과(솔방울)는 한 개, 또는 여러 개가 모여 달리며, 주로 가지 끝에 달린다.

* **생물분류학**
칼 폰 린네(Carl von Linné 1707~1778)는 생물들의 분류를 체계적으로 정리한 사람이다. 세계에서 공통으로 사용할 이름을 이명법(속명+종명)으로 창안하여 모든 동식물에 적용시켰다. 식물을 분류하는 기준은 꽃이었다.

편백나무속

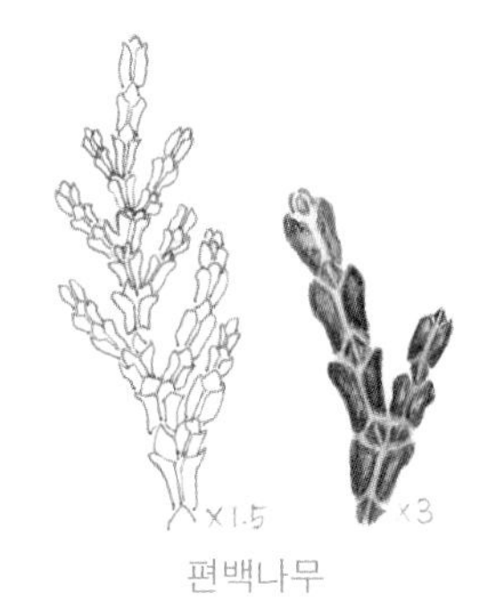

편백나무

화백나무

측백나무속

측백나무

눈측백나무

향나무속

섬향나무

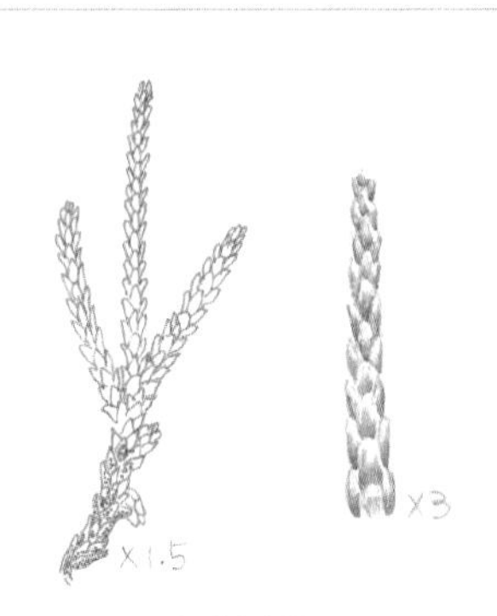

눈향나무

25 칡(콩과)

갈등(葛藤)… 칡과 등나무가 얽히면 풀어지지 않는다.

식물을 배우면서 일상과 많이 연결되어 있다는 걸 터득하게 된다.
어릴 때 달근한 칡뿌리(구황식물*)를 질겅질겅 씹어 먹던 기억이 있다. 하지만 지금은 환경의 변화로 유해식물로 지정되어 버렸다.

여름의 끝에 칡은 향긋한 꽃을 피운다. 공원을 산책하면 어디선가 향기로운 바람이 불어 땀을 식혀준다. 그 향기가 칡꽃인지 사람들은 잘 모른다.
칡은 땅 위로 뻗는 줄기만큼 뿌리의 길이가 길어진다고 한다. 너무 잘 자라서 다른 식물을 덮어버릴까 봐 다 잘라버리지만, 칡은 생명의 위험을 감지하여 뿌리를 더 많이 낸다.

3장의 잎(3출엽)은 여름날 너무 더우면 3장의 잎을 접어 열을 피한다. 그리고 꽃이 필 무렵 꽃의 수정을 위해 꽃자루가 위로 솟도록 잎자루를 아래로 떨군다.

뒤늦은 고백이지만, 나는 이 그림을 그렸을 때 칡잎이 왜 아래로 처져 있는지 몰랐다. 그래서 종이의 크기에 한계가 있어 잎을 올려서 그리는 실수를 했다.

* **구황식물**
흉년, 전쟁 따위로 기근(饑饉)이 심할 때, 즉 식량이 부족한 시기를 극복하기 위해서 식재료로 이용되는 식물.

26 히어리(조록나무과)

개나리, 산수유와 함께 봄을 알리는 꽃이다.

학명은 *Corylopsis coreana* Uyeki.로 한국이 자생지임을 밝히고 있다.

히어리는 한반도 고유식물로 환경부에서는 멸종위기야생식물 2급으로 지정하여 보호하다가 자생지와 충분한 개체 수가 확인되어 2011년에 지정 해제되었다.

히어리를 처음 발견한 곳이 송광사였고, 꽃받침이 밀납을 바른 납판 같다고 해서 송광납판화라 부르기도 했다. 히어리의 어원은 하얗다는 옛말인데, 꽃은 연노랑이다.

3~4월이면 피는 꽃은 작고 여려서 노란 병아리가 연상된다.

나무 가득 채우는 동그란 잎은 주름이 많고 가장자리에 붉은 기운이 조금 돈다.

열매는 포도송이같이 무더기로 달리고, 까만 씨가 나온다.

H.S.BAIK

27 피나물(양귀비과)

식물명에서 붉은 피를 연상하는 식물이다. 실제로 줄기를 자르면 붉은색의 액이 나온다. 벌레에 물렸을 때 이 붉은 즙은 바르면 가려움이 진정된다. 뿌리에서 긴 꽃대가 3~4개 나와 몇 개의 잎과 그 끝에 꽃이 딱 한 송이가 달린다. 잎은 5~7개 갈라지는 복엽이다.

아파트 화단 한구석에 홀로 피어있어서 뭔지도 모르고 그렀던 식물이다. 산에서 볼 수 있는 식물인데, 화단에서 매년 개체수(여러해살이풀*)가 늘어나는 것이 왠지 기특했다.

비슷한 식물로 동의나물이 있다. 잎은 한 장씩 나고, 꽃은 한 줄기에서 2개씩 달려 구별된다.

* **여러해살이풀 (숙근성식물)**
겨울이 되면 지상부의 잎과 줄기는 말라 죽지만 지하부의 뿌리는 계속 살아서 이듬해 새순을 내어 자라는 초본식물.

• PART 2 •

귀화식물 외래식물

01 괭이밥 & 사랑초
(괭이밥과 & 콩과)

사랑초에 푹 빠져 종류별로 열심히 키웠던 적이 있었다.

사랑초는 1년 내내 꽃을 피우는 종(보라사랑초, 청사랑초), 동형종(봄부터 초여름까지 개화), 하형종(가을부터 겨울까지 개화)으로 나눈다. 주변에 흔히 보이는 괭이밥도 사랑초의 사촌이다.

'괭이'는 고양이의 옛말이다.
꽃은 작고 귀여운 노랑꽃으로 아침 일찍 피어 오전에 오므린다. 고양이가 속이 불편하면 3장이 달린 잎을 뜯어 먹는다. 그래서 괭이밥이라 불린다. 실제로 잎과 줄기에는 옥살산이 들어있어서 소화제 역할을 하기도 한다.

괭이밥은 나폴레옹과도 인연이 있는 풀이다.
전쟁 중에 나폴레옹이 발밑에 잎이 4개가 달린 것을 보고 허리를 숙이는 순간 머리 위로 총알이 지나가는 일이 있었다. 그것을 보고 나폴레옹은 괭이밥의 4개가 달린 잎은 행운을 가져다준다고 하여 유명해졌다. 그러나 4장이 달린 잎은 많이 밟혀서 변종으로 태어난 아이다. 혹시 네잎 클로버를 찾고 싶으면 사람이 많이 밟는 곳을 찾으면 된다.

반면, 토끼풀은 작은 하얀 꽃이 무리 지어 피는 콩과식물이다. 잎이 3장이어서 괭이밥과 헷갈리는 식물이지만, 자세히 보면 잎에 하얀 무늬가 있어 다르다. 다 조금씩 다른 잎 모양이 이뻐서 잎들을 그리게 되었다.

02 꽃사과(장미과)

작은 사과가 달려서 '애기사과'로도 불린다. 아마도 사과의 조상은 이 정도로 작지 않았을까 싶다. 가을이 깊어가면 나무는 많은 변화를 한다. 열매를 나눠주고, 잎을 말려 떨어뜨리고, 눈을 만들어 겨울나기를 준비한다.

중학교 생물시간에 진짜과일(진과)과 가짜과일(위과)을 배웠던 것 같다.
꽃이 수정되어 씨방이 익으면 우리가 먹는 과일이 되는 식물들이 있다.
꽃받침의 위에 과육이 있으면 진과, 꽃받침 아래에 열매가 맺히면 위과라고 한다.

사과를 보면 과일의 윗부분에 꽃받침의 흔적이 있다. 꽃받침의 아랫부분(화탁:꽃자루부분) 안에 씨방이 있어, 그 부분이 자라 열매가 된다. 이 열매는 위과(가짜과일)인 것이다.

어찌 되었든 맛나면 되지. 맛있는 위과가 얼마나 많은데…
배, 무화과, 파인애플, 딸기…

03 나팔꽃 열매(메꽃과)

나팔꽃은 메꽃과는 달리 한해살이풀이고, 원산지가 중남미 쪽이다. 나팔꽃이란 이름은 중국의 나발화(喇叭花)의 발음이 변한 것이다. 1800년대 일본에는 나팔꽃의 재배 붐이 일어 품종개발이 활발했다. 나팔꽃이 우리나라에 언제 들어왔는지는 모르지만, 1800년대 서적에 나발꽃 기록이 있다.

잎은 어긋나고, 꽃은 잎겨드랑이에서 나와 아침 일찍 피었다가 낮에 시든다.

열매도 바로 만들어 익는다. 줄기가 덩굴성으로 왼쪽으로 감긴다.* 한해살이풀이어서 열매를 부지런히 만들어야 하나 보다.

• 종류 : 나팔꽃, 미국나팔꽃, 둥근잎나팔꽃, 애기나팔꽃, 유홍초 등

* 메꽃의 덩굴은 오른쪽으로 감긴다.

04 달맞이꽃의 로제트(바늘꽃과)

이른 아침에 공원을 가면 꽃봉오리인지, 꽃이 진 건지 잘 모를 노란 꽃이 있다.

이 식물은 이름 그대로 '달을 맞이하는 꽃'이다. 깜깜한 밤에 피어 아침에는 져버린다. 두해살이풀로 추운 겨울엔 털이 보송보송한 잎들이 옹기종기 모여(로제트모양) 열을 유지하며 버티다가 봄이 오면 그 잎들이 줄기를 세워 꽃대를 올린다.

근데 식물의 목적이 번식인데, 달맞이꽃은 어두운 밤에 수정을 위해 어떤 전략을 쓰는 걸까? 식물에 관련된 책을 뒤지다 보면 쉽게 알 수 있다.

달맞이꽃은 밤에 개화하기 때문에 형광빛이 도는 노란 꽃을 피워 나방을 부른다. 수술에는 끈적이는 실이 꽃밥(수술머리의 가루)들을 연결하고 있다. 달맞이꽃의 수정비법은 여기에 있다. 꽃을 찾아든 나방의 몸에 꽃밥을 잘 붙게 하는 방법인 것이다.

식물의 지혜로움엔 고개를 숙일 수밖에 없다.
이른 아침에 운이 좋아 노랗게 핀 달맞이꽃을 본다면, 꽃 안을 들여다보길 바란다.

05 딸기(장미과)

씨를 의미하는 '달'과 명사의 파생접사 '기'가 붙어 딸기라 이름 지었다. 씨가 다닥다닥 붙어있는 모습에 그리 부른 것 같다.

내가 딸기를 그릴 즈음엔 식물 세밀화를 막 시작한 때였다. 화원에서 딸기 모종을 사들고는 어떻게 그릴지 생각도 없이 즐거웠다. 머릿속엔 '꽃도, 열매도, 잎의 뒷면도, 러너도, 뿌리도, 다 그려야지' 하면서 열심히 들여다봤었다.

꽃받침이 2중이고, 하얀 꽃잎은 5장, 수술, 암술도 엄청 많았다. 많은 암술이 몽땅 열매(?)가 되어 꽃받침 위의 통통한 과일이 된다. 까만 씨앗으로 보이는 것은 열매이다. 그 열매 안에 씨앗(종자)이 있다.

꽃이 지면서 열매가 달리고, 빨갛게 익어가는데, 왜 러너가 안 달리지?

몇 년 후에 우연히 딸기농장의 딸기체험에서 나의 무식함을 알았다. 딸기는 꽃이 피고 열매가 익을 때는 모든 에너지를 열매에 쏟고 난 후에 러너를 만든다고 딸기밭 사장님께서 가르쳐 주셨다.
무식하면 용감하다고 했던가. 지금 생각해도 너무 창피하다.

과일과 채소의 차이도 구분기준에 따라 바뀐다.

- 식물학 기준으로는 나무에서 맺힌 열매는 과일, 풀에서 맺힌 열매는 채소.
- 씨의 유무 기준이면 토마토, 참외, 딸기, 바나나 등도 과일에 속한다.
- 조리를 하느냐, 그냥 먹느냐의 기준으로, 조리하면 채소, 그냥 먹으면 과일.

06 병솔나무 2년지(도금양과)

호주에서 온 외래식물*이다. 남쪽 지방이나, 온실에서 볼 수 있다.

꽃들이 모여 핀 모습이 병 씻는 솔같이 생겨 붙은 이름이다.
꽃꽂이용으로 많이 쓰인다.

6월 즈음에 꽃 핀 모습이 이쁜 나무인데, 나는 꽃보다 열매에 꽂혔나 보다. 동글동글 달린 열매가 참 이뻤다. 왜 열매가 가지 끝에 안 달리고, 중간에 달렸는지 알아보니, 봄에 새 가지가 생겨 잎이 나오면 꽃은 작년 가지(2년지)에서 핀다고 한다. 그래서 중간에 열매가 달린 것이다.
무언가 이유가 있겠지만, 식물의 다양한 생존방법에 또 한 번 놀란다.

* **외래식물**
- 도입식물 : 원예나 재배 등 특정한 목적을 가지고 들여온 식물.
- 귀화식물 : 인위적 또는 자연적으로 들어와서 자연 생태계에 도태되지 않고 자력으로 토착하여 공존하면서 살아가는 식물.

07 서양벌노랑이(콩과)

한여름 개천 주변에 올망졸망 피어있는 노란 꽃들이 많다. 작은 벌레들도 이쁜 건 아는지(?) 분주하다. 이름도 참 잘 지었다.

그림에서 보면, 작은 잎*이 5개의 복엽처럼 보이지만 실상은 아래 2개는 탁엽이고, 위 3개가 하나의 잎(복엽)이다. 꽃이 참 귀엽다. 꽃은 5~7개가 모여 나는데, 꽃이 모여 피는 모습이 병아리를 연상하게 한다. 여러해살이풀이어서, 한 번 본 곳에서는 계속 만날 수 있다.

우리 자생식물인 벌노랑이는 꽃이 2~3개 정도 달린다.

조만간에 벌노랑이도 그려야겠다.

* **잎의 구조**
- 쌍떡잎식물 : 턱잎, 입자루, 입몸
- 외떡잎식물 : 잎집, 잎몸

08 선토끼풀(콩과)

토끼풀*이 섰다.

귀화식물이지만, 의외로 많이 보인다. 무릎 높이만큼 커서 눈에 잘 띈다. 꽃도 이쁜 분홍색이고, 가지가 많이 갈라져 풍성하다.

어느 공모전에 냈다가 귀화식물이라고 퇴짜 맞은 그림이었다. 실력에서 밀렸을 거라 생각하지만… 꽃이 작은 식물은 가능한 안 그리려 했었는데, 여러 부분을 확대해서 그리면 이쁜 부분을 잘 볼 수 있어 이젠 가리지 않는다.

그릴 식물을 결정하면 유사한 식물들과 어떻게 다른지 비교하고 그 부분을 확대해서 그려 넣어 식물이야기를 담는다.

* **토끼풀**
줄기는 지표를 기며 마디에서 뿌리와 줄기가 나온다. 탁엽은 끝이 첨두이고, 1cm 이하이다. 잎겨드랑이에서 나온 화지는 길며 6~20cm에 달한다. 꽃받침은 열편이 판통보다 짧다. 꽃은 백색 드물게 담홍색이다.

09 양버즘나무잎(버즘나무과)

플라타너스로 부르는 나무로 엄청 크게 잘 자란다. 나무껍질이 벗겨져 피부에 버즘이 핀 모습과 같아 붙은 이름이다. 처음 우리나라에 들어온 시기는 1880년대 즈음이고, 이승만 대통령 시절 경복궁 담장에 조성되어 가로수로 심어지기 시작했다.

자생식물인 버즘나무와 비슷하고, 5월에 암꽃과 수꽃이 한 나무에서 핀다(암수한그루). 양버즘나무는 도시의 소음을 흡수하고, 미세먼지를 잎에 흡착하여 빗물로 씻어내리는 역할을 한다. 가을에는 마른 큰 잎들이 도로와 인도 위를 데굴데굴 굴러다녀 청소부 아저씨를 힘들게 하지만, 스산한 가을의 낭만을 부르는 멋도 있다.

잎의 뒷면 맥이 더 멋있어 보여 그렸다.

10 자주광대나물(꿀풀과)

광대나물과 비교하면 조금은 억척스러운 모습이다.

꽃도 많이 달고, 잎은 좀 단순하면서 더 많고, 색은 좀 여리고, 냄새도 난다.

주변 공원에 많이 보여 관찰하다가 그려보고 싶었던 식물이다. 귀화식물이지만, 나름대로 귀여운 부분들이 있었다.

4개의 수술 중 2개는 길고 2개는 짧다. 긴 수술이 꽃밥을 먼저 터뜨리고, 짧은 수술은 여분으로 준비한 것 같다. 생존을 위한 현명함이 보이는 부분이다.

앙증스러운 통꽃의 모습에서도 전략이 보인다. 꿀샘을 찾아온 벌레가 앞부분의 꽃잎에 앉으면 긴 수술이 머리를 숙여 곤충몸에 꽃밥을 묻힌다. 암술은 곤충몸에 묻어온 꽃밥으로 수정을 하고, 대신 꿀을 제공한다.

이걸 그리면서 자생식물인 광대나물은 뭐가 다를지 궁금해서 또 그렸다.

11 종지나물(제비꽃과)

봄에 제비꽃보다 먼저 피는 귀화식물이다. 언뜻 보면 제비꽃과 비슷하다고 생각할 수도 있다.

어린잎이 작은 종지그릇을 닮았다. 열매에 가득한 씨앗은 다 익으면 퐁퐁 터져 멀리 날아간다. 제비꽃보다 꽃도 잎도 다 크다. 꽃 색은 좀 여리지만 화단에 가득 피면 장관이다.

종자에는 투명한 영양주머니(엘라이오솜*)가 달려있어서 그 맛에 욕심이 난 개미가 부지런히 종자를 집으로 나른다. 개미는 그 주머니만 따먹고 종자는 개미집 주변에 버린다. 그래서 개미집 옆에는 종지나물이나 제비꽃이 많이 핀다.

이름이 정겨워 그렸던 그림이다.

* **엘라이오솜(elaiosome), 유질체**
식물의 씨앗이나 열매에 붙은 지방, 단백질 덩어리로, 개미 등의 동물을 유인하여 씨앗을 멀리 퍼뜨리는 역할을 한다.

12 해녀콩(콩과*)

제주도 해변가 척박한 돌 틈에 서식하는 콩과식물이다.
왜 해녀콩이라 불릴까.

먼 나라에서 언제, 어떻게 흘러들어왔는지 몰라도 해녀의 힘든 생활과 닮아 이름 지어진 귀화식물**이다. 이 콩을 삶아 먹으면 독성 때문에 낙태를 할 수 있다는 이야기에 왠지 서글픈 마음에 그려서 알리고 싶었다. 자생지를 검색하니 제주도였다. 여행 겸, 식물 탐사 겸, 맛집순례 겸,

군락지에 가서 해녀콩을 탐색했다. 해변의 강한 바람 속에 생각보다 큰 식물체가 흙도 별로 없는 돌 틈에서 살고 있었다. 꽃은 또 얼마나 크고 이쁜지… 칡과 닮은 듯했지만, 달랐다.

* **콩과**
특징은 꽃의 모습과, 복엽이다. 5개로 나누는 꽃의 구조로, 맨 위는 기판(꿀샘을 알려주는 깃발 역할), 옆은 익판(날개 모양), 아래는 용골판(선박의 앞부분과 닮았다)으로 나눈다. 뿌리에 달리는 뿌리혹박테리아는 황폐한 땅에 질소를 내어주어 흙을 건강하게 만든다.

** **귀화식물**
자연 생태계에 적응하여 10년 이상 생육, 번식, 확산을 통해 자생종과 구분 없이 자라는 식물이다.

13 해바라기(국화과)

국화과에 속하는 식물들의 특징은 가장자리의 혀꽃(설상화)와 가운데 가득한 통꽃(통상화)이 합쳐진 엄청 많은 꽃송이들의 합체이다.

해를 바라보는 꽃. 정말 해를 바라보고 있을까?

해바라기 꽃을 움직이는 실체는 꽃자루에 있다. 해바라기의 꽃자루에는 '옥신'이라는 성장호르몬이 있는데, 오전에 기온이 오르면 옥신이 줄기의 동쪽으로 몰려 팽창을 하면서 서서히 꽃대를 서쪽으로 기울게 하고, 온도가 떨어지는 밤에는 '옥신'이 줄기의 서쪽으로 몰려 꽃대를 동쪽으로 기울게 한다고 한다. 그래서 아침의 해바라기는 해를 바라보고 있게 되는 것이다. 근데, 성장호르몬 덕분에 '도리도리'하던 어린 꽃의 성장이 끝나면, 해바라기는 동쪽만을 바라보고 곤충들을 불러들인다. 수정이 끝난 꽃은 고개를 숙여 더 이상 방해를 받지 않고 열매를 관리한다.

이런 이야기를 듣고 나니 해바라기의 옆모습을 그려보고 싶었다. 해바라기꽃의 가장자리에 있는 혀꽃에는 암·수술이 없다. 그저 벌레를 부르기 위한 실속 없는 꽃잎일 뿐이다. 우리가 해바라기 씨라고 하는 딱딱한 것은 열매이고, 그 안에 들어있는 녹색의 알맹이가 씨이다.

주변엔 국화과 식물이 엄청 많다.
민들레, 코스모스, 엉겅퀴, 개망초, 백일홍, 구절초, 과꽃, 다알리아…

14 호박꽃* (박과)

못생긴 얼굴을 호박꽃 같다고 놀린다. 호박꽃이 어때서 못생겼다고 했을까.

동네 텃밭에는 온갖 채소들이 다 심어져 있다. 조카도 어린 자녀들과 텃밭 농사를 자그마하게 놀이 삼아 하는데 종종 갖다 주는 먹거리를 먹어보면 정말 맛있다. 호박꽃을 찾아 동네 텃밭에 가면 어디를 가도 호박은 주렁주렁 달려있다. 울타리를 올라타는 채소여서 공간 할애 없이 탐스러운 호박을 수확할 수 있기 때문인 것 같다.

아침 일찍 꽃이 피고 한낮에 지는 호박꽃은 관찰하기에 너무 바빴다. 같은 줄기에 암꽃과 수꽃이 어긋나게 달리고, 각 마디마다 꽃, 잎, 가지, 덩굴손이 나온다. 암꽃과 수꽃에 달리는 덩굴손의 개수도 다르다. 암꽃은 처음부터 열매를 달고 나오지만 수정이 안 되면 그냥 떨어진다. 수정이 된 열매는 익으면서 점점 무거워지니 이를 버텨줄 덩굴손은 4~5개로 갈라져 어딘가를 꽉 잡아준다. 신기하게도 수꽃이 달린 마디의 덩굴손은 3개로 갈라지는데 아마도 쓸데없는 에너지는 낭비하지 않는 절약인가 보다.

여름날, 어디선가 호박꽃을 만나면 꽃 안을 들여다보길 바란다.
암꽃과 수꽃이 어떻게 다른지…

* **'호'와 '양'이 붙는 말**
- 중국'오랑캐 호(胡)'가 붙는 말 : 호주머니(밖에 달린 주머니), 호떡, 호박, 호도, 호콩, 후추(호초), 호밀
- 서양'양(洋)'이 붙는 말 : 양동이, 양말, 양배추, 양송이, 양철, 양파, 양초, 양은….

15 큰땅빈대(대극과)

대극과에 속하는 식물로 크리스마스의 대표인 포인세티아도 여기에 속한다.

포인세티아는 화려한 붉은 잎 때문에 크리스마스 장식용으로 많이 쓰인다. 그 화려한 잎들의 한가운데 숨어서 잘 보이지 않는 노란 꽃은 모양이 아주 독특하다. 가지 끝에 달리는 타원 모양의 꽃봉오리에는 1개의 암꽃과 여러 개의 수꽃이 피고, 암꽃이 수정이 되면 '메롱'하는 것처럼 쏙 나온 열매가 달린다.

왜 이름에 빈대를 달았을까. 꽃이 너무 작아서 붙은 이름일까 싶다.

같은 종류로는 땅빈대, 애기땅빈대가 있다. 큰땅빈대는 곧게 서서 자라는 반면, 땅빈대는 지면에 붙어 기면서 자란다. 애기땅빈대는 잎이 작기도 하지만, 잎 가운데에 붉은빛을 띠어 쉽게 알아볼 수 있다.

주변에 흔한 식물들을 '잡초'라 무시하지 말고 관심을 가지면 많은 것을 볼 수 있다.

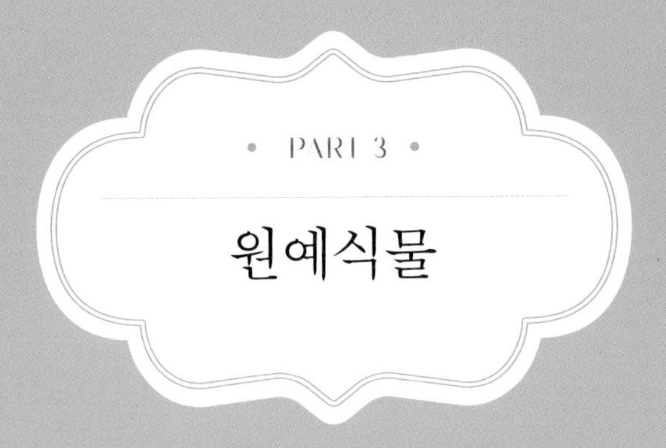

PART 3

원예식물

01 개양귀비(양귀비과)

세밀화를 접한 초기에 포피가 뭔지, 양귀비가 뭔지도 모르고 그렸다.

근데 무슨 생각이었는지, 해를 바라보는 꽃의 뒷면을 그리고 싶었나 보다. 꽃의 개화와 열매가 되어가는 과정을 한 종이에 넣으려고 했다. 색연필로 끄적끄적했는데, 선생님께서 잘 그렸다고 하셨다. 보이는 대로, 있는 그대로를 생각 없이 그린다는 게 이런 거였나 보다. 15년이 지난 지금은 생각이 너무 많아졌다. 1년에 몇 장을 못 그린다.

양귀비꽃은 본 적도 없고, 보면 바로 신고해야 하는 식물이다. 양귀비와 비슷한 개양귀비는 꽃도 이쁘지만, 열매가 참 독특하게 생겼다.

한나라의 유방과 초나라의 항우가 치열한 전쟁을 하면서 항우가 사면초가에 몰리자 항우의 연인 우미인은 스스로 자결을 하였다. 그 후 우미인의 무덤에서 꽃이 하나 피었는데, 그 꽃을 우미인초(개양귀비)라 이름 지었다.

진짜 양귀비는 당나라 현종의 후궁 이름으로 중국의 4대 미인 중 하나이다. 결국 당나라를 망하게 한 장본인이기도 하다. 또한, 양귀비는 영국과 중국의 아편전쟁을 일으킨 역사적인 식물이다.

보통은 꽃양귀비, 포피라고 불리지만 국명은 개양귀비이다.

02 글로리오사(백합과)

불꽃을 연상하는 꽃. 세상에나 이런 꽃도 있구나.

우연한 기회에 구근을 선물 받아 키워온 식물이다. 'ㄱ'인지, 'ㅅ'인지… 미끈한 구근을 심으면 어김없이 싹을 낸다.

잎의 끝부분이 덩굴이 되어 여기저기 말아 감는다. 그 힘으로 몸을 지지하는 것도 신기하지만, 꽃이 피는 과정도 볼만하다. 마디마다 새 가지, 잎, 꽃대가 같이 나온다. 꽃은 봉오리에서 개화까지 여러 모습을 보여준다. 암술이 90도로 꺾인 모습은 아마도 자가수정을 피하려는 듯하다. 원예종으로 봄에 심어 여름에 꽃을 보여주고, 열매를 맺는다.

빛이 부족한 아파트 베란다에서도 잘 크지만 덩굴관리에 손이 좀 간다. 가을에 꽃이 지고 화분을 엎어보면 아가들이 줄줄이 딸려 나온다.

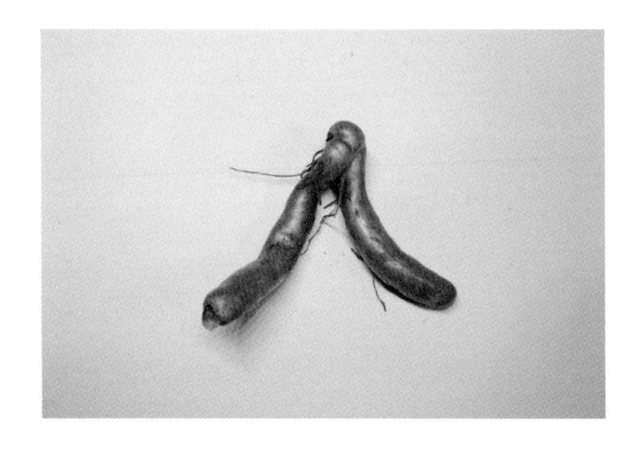

03 실유카(용설란과)

길가 화단이나, 정원, 식물원 등에 많이 식재된 식물이다. 잎은 50~60cm 정도로 자라고, 잎 가장자리에 가는 실 같이 풀린 것들이 달려 실유카라고 한다. 꽃대는 1m 이상 솟아 탐스러운 하얀 꽃송이들이 달린다.

이걸 그리면서 왜 열매가 없을까 궁금했다.

검색해보니 실유카를 수정하는 벌레는 유카나방이라고 되어있다. 유카는 멕시코나, 모하비사막이 원산지로 1910년경에 유입되었지만, 유카나방(큰노랑뒷날개나방)은 수입(?)되지 않은 것 같다.

나방이 꽃의 씨방에 알을 낳아 씨앗을 먹이로 성충이 되지만, 그 덕분에 유카는 유카나방이 긴 대롱을 이용해 덩어리진 꽃밥을 암술머리에 쑤셔 넣는 과정에서 수정된다. 이 둘은 절대적인 의존관계로 생존하게 되는 것이다.

비 오는 날, 꽃사진을 찍기 위해 짙은 색 보자기를 배경으로 들어준 남편에게 감사한다.

04 오니소갈룸 두비움(백합과)

국내에 들어온 지 오래되지 않은 구근식물의 원예종이다. 화원에서는 '베들레헴의 별'이라고 부른다. 꽃이 반짝이는 별을 닮아서 붙여진 이름 같다.

모든 식물에 욕심이 나고, 소유하고 싶고, 알고 싶었던 시절이 있었다. 꽃모임에 참여하면서 세상에 식물을 잘 아는 사람들이 너무 많다는 것과 묵묵히 즐기며 나눔도 하시는 좋은 분들도 계신다는 걸 알았다.

식물과 교감하다 보면 대화(?)도 가능하다. 호시탐탐 꽃을 사들이며, 부족한 베란다 공간에서 적응해결사가 되기도 한다.

부디 따뜻한 봄날 근처 화원을 구경삼아 들러보시길 바란다.

05 옥살리스 보위에나(괭이밥과)

사랑초의 한 종류로 키우기 쉬운 식물이다. 구근도 엄청 열심히 만들어 매년 화분을 엎어야 한다. 보태니컬 아트의 색연필 강의를 들으면서 이 식물을 그렸다.

가장 이쁠 때를 선택해서 구도를 잡고 그리다가, 뿌리도 그리고 싶어서 화분을 엎었더니, 특이한 흰 뿌리가 나왔다. 애기구근만 가득 있을 줄 알았는데, 모체에서 만들어진 애기구근에 가늘고 길게 연결된 물저장근이 달려있었다. 아마도 전분을 가득 머금은 물저장근은 애기구근을 튼실히 키우기 위한 옥살리스의 전략일 것이다.

백합에도 이런 비밀이 있다.

백합(百合)은 흰 꽃을 의미하는 것이 아니고, 뿌리 부분에 속하는 비늘줄기가 100개(많다는 뜻)로 합쳐있다는 의미로 붙여진 이름이다. 달근한 맛이 나는 이 비늘줄기는 야생동물이 즐겨 찾는다. 그래서 백합은 엄마 비늘줄기에서 1m 이상 먼 곳에 애기비늘줄기를 만들어 동물들이 찾지 못하게 한다.

식물의 지혜로움은 늘 감동이다.

06 제주향수선(수선화과)

일반 수선화는 꽃대 하나에 꽃이 하나 달린다. 반면 제주향수선은 한 꽃대에 작은 꽃이 5~6개가 달리고, 향도 난다.

꽃을 세로로 잘라보면(종단면), 수술이 길고, 짧은 것이 있다. 너무 이른 봄에 개화하기 때문에 짧은 수술은 수정을 위한 보험인 것이다. 추식구근* 식물로 어렵지 않게 매년 꽃을 볼 수 있다.

수선화는 꽃의 명칭이 좀 다르다.

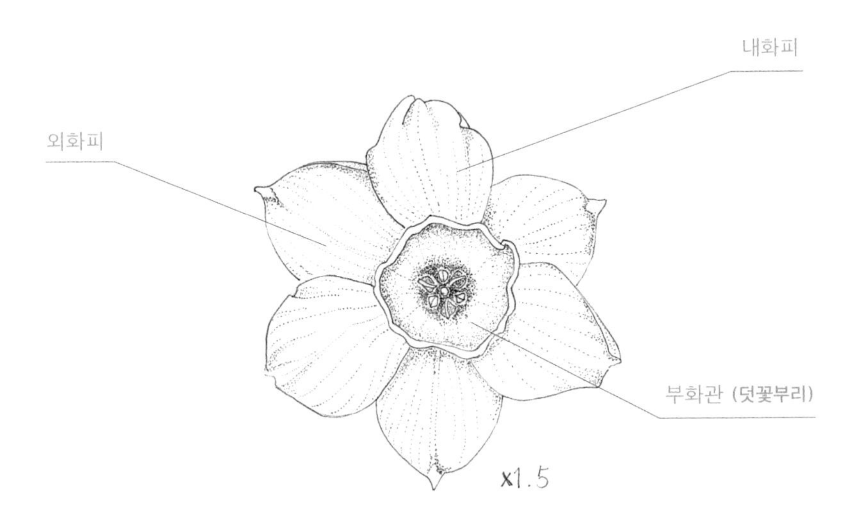

* **추식구근**
봄에 꽃이 피었다가 지고, 휴면기에 들어간 여름을 지나, 겨울의 땅속 냉기로 휴면기를 깨워 봄에 다시 꽃을 피우는 구근식물을 말한다.

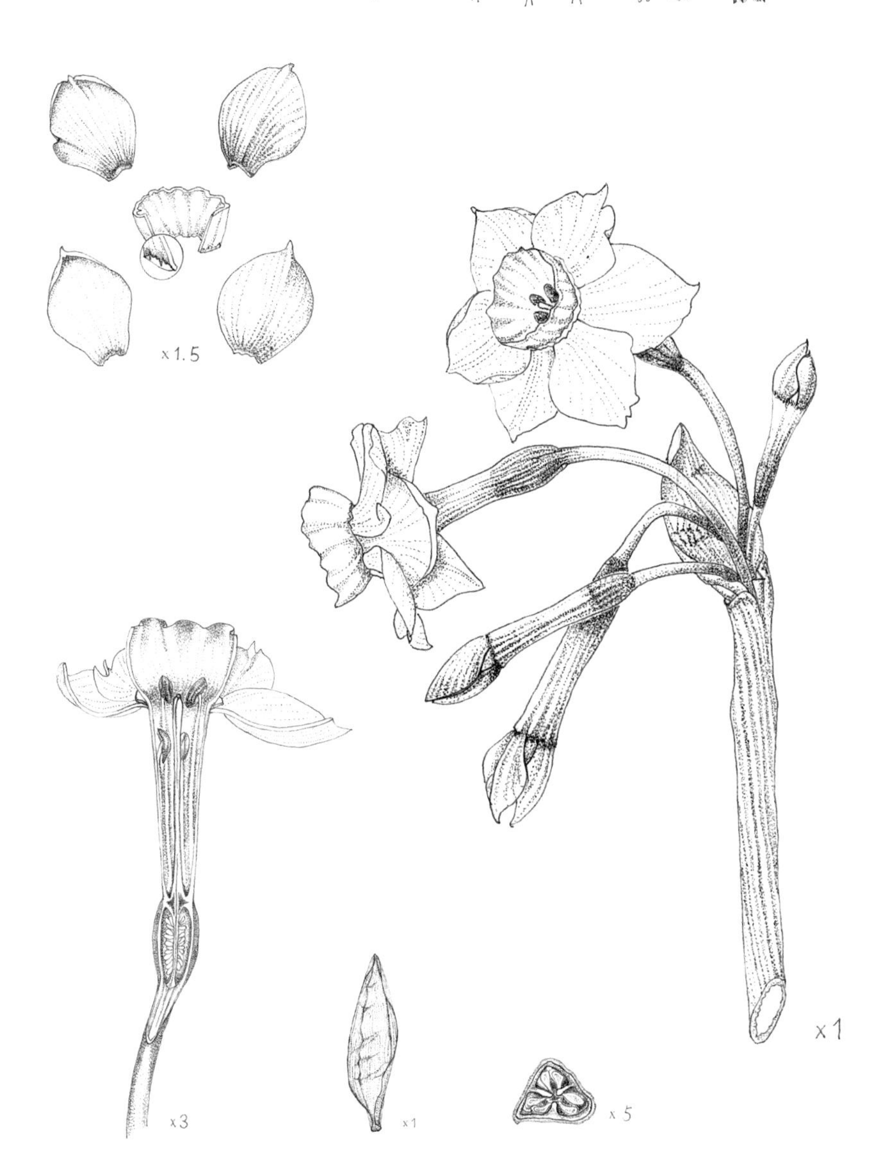
x 10
x 1.5
x 1
x 3
x 1
x 5

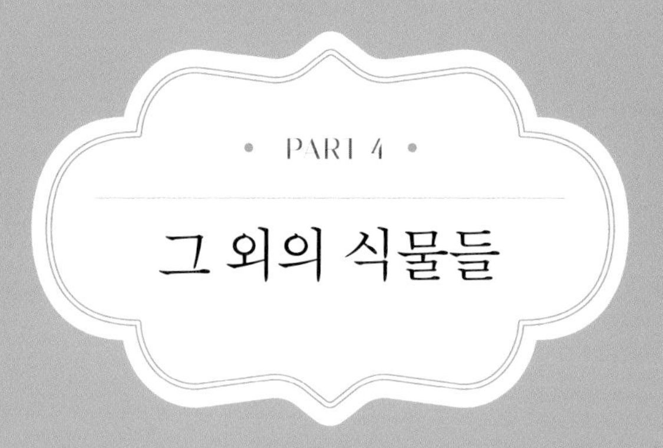

• PART 4 •

그 외의 식물들

01 꽃송이

원추리, 에키네시아, 백일홍, 팬지, 도라지, 호박꽃, 후크시아…

꽃의 다양한 모습을 보여주고 싶어 흔히 보이는 꽃들을 그렸다.

백합과 닮은 왕원추리(겉의 3장은 꽃받침이다.).
웃는 얼굴(?)의 팬지(팬지의 줄무늬는 벌레 꼬시기 용).
수많은 꽃을 한 다발 안고 있는 에키네시아(국화과 혀꽃과 통꽃).
왠지 푸근한 할머니가 생각나는 열매를 달고 있는 이쁜 호박꽃(암꽃).
진한 청보라의 고향 같은 도라지꽃(통꽃).
작은 발레리나가 연상되는 후크시아.

나이가 들면 할 수 있는 것이 줄어든다. 좀 서글프다. 낀 세대의 서러움이랄까. 아내, 주부, 엄마의 역할에서 좀 한가해질 즈음엔 며느리, 딸의 역할이 생긴다. 나이 들어 혼자 즐길 거리가 있다는 것은 행복한 일이다. 노후에 뭘 할지 고민이라면 지금이라도 천천히 누릴 취미를 하나 만들어보길 권한다.

02 잎

으름덩굴, 담쟁이, 호랑가시나무, 개나리, 비비추, 팔손이, 상수리나무, 메꽃, 큰메꽃, 왕벚나무…

잎은 식물의 생존에 절대적으로 필요한 존재다. 역할도 중요하지만, 생김새도 삶을 위한 전략의 하나이다.

Tip 1

식물에 물을 줄 때는 보통 위에서 붓거나 흙에 붓는다. 잎은 앞면에 빛을 받아 잎의 뒷면에서 광합성을 한다. 뒷면의 세포에서 이산화탄소와 산소의 가스교환으로 영양을 만들어 체관을 통해 뿌리로 내려보낸다. 뿌리는 그 영양분으로 물을 빨아들여 물관을 통해 위로 보낸다. 그래서 종종 잎의 뒷면을 씻어주면 좋다.

Tip 2

물을 주고 나면 물받침에 물이 고인다. 그 물을 다시 화분에 붓지 말아야 한다.
동화책에는 소금 맷돌이 바닷물을 짜게 만든다고 했는데 거짓말이었다.
지구의 물은 총량 불변의 법칙으로 증발하면 반드시 물로 다시 내려온다. 그 물은 육지에 스며들어 흙 속의 소금기를 녹여 바다로 흘러간다. 그래서 바닷물이 짠 것이다. 식물에게 소금은 극약이다.

03 나무의 겨울가지

한겨울의 나무를 자세히 보면 이미 봄 준비를 하고 있다.

잎눈인지, 꽃눈인지 보송보송한 털옷(인편)에 싸여 통통하게 살찌우고 있다. 그 모습 또한 다양하다.

아파트단지에 있는 정원에서 나뭇가지를 몇 개 채집하여 그려보았다. 꽃이 피면 다 아는 나무들일 텐데, 겨울 가지만으로는 구별이 안 되어 봄에 꽃이 핀 후에야 이름을 확인할 수 있었다.

주변에 있는 나무들도 종류가 참 많다는 걸 알았다.
내가 아는 나무들에게는 이름표를 달아줄까 싶다.

나무이름표

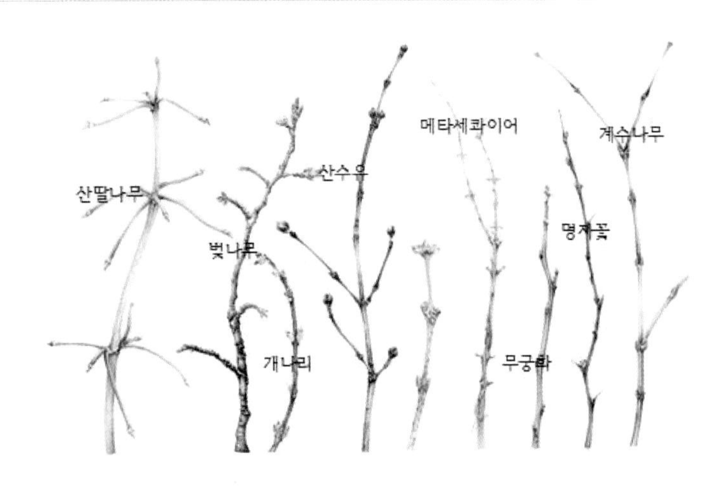

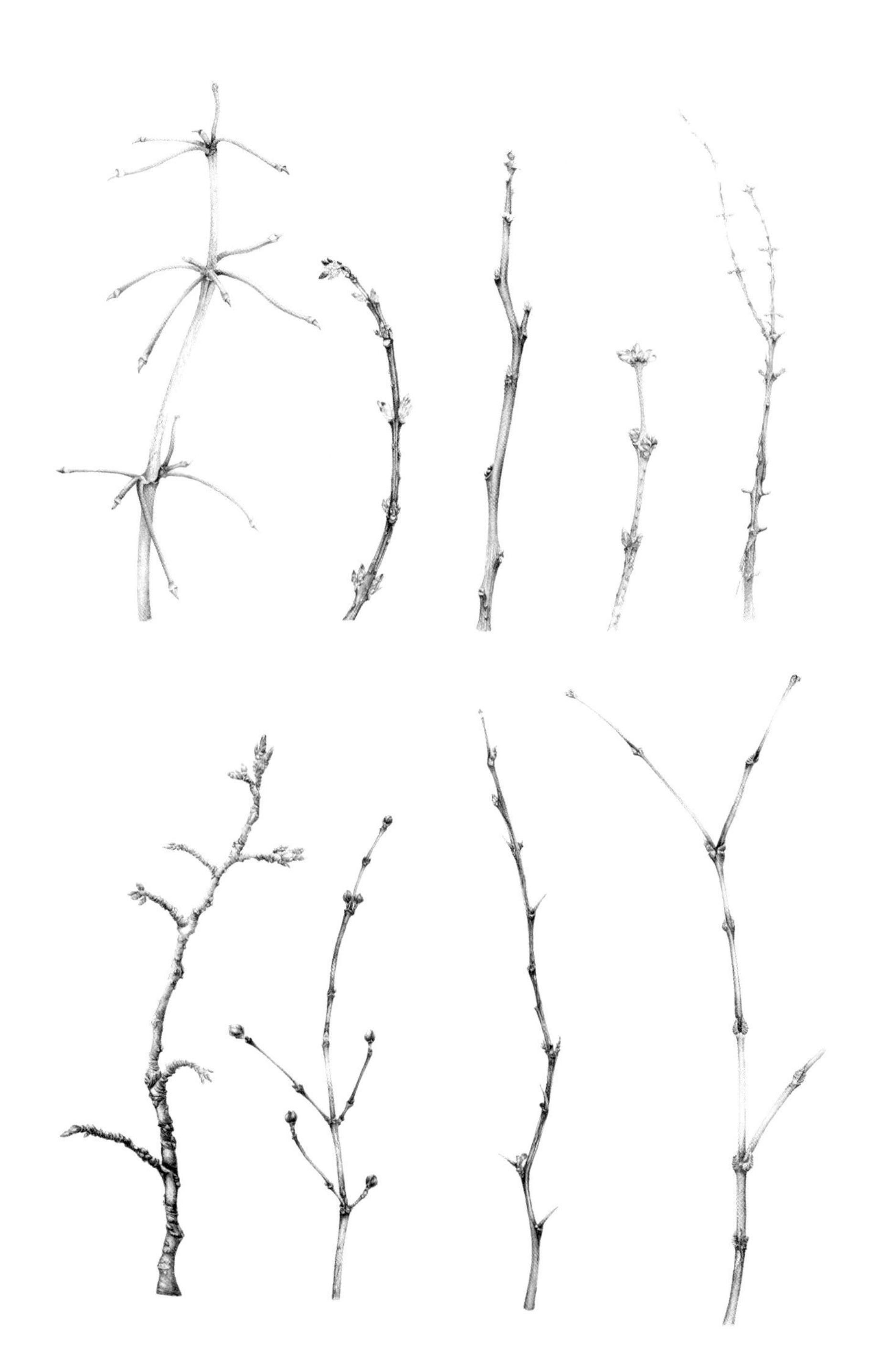

04 단엽과 복엽

잎을 구별할 때 기준은 무엇일까?
잎자루에 잎이 한 장이 붙었나, 여러 장이 붙었나.
가장자리가 갈라졌나, 밋밋한가.
잎맥이 어떻게 생겼나.
그 외에도 기준은 많겠지만, 맨 처음 관찰하는 것이 단엽과 복엽이다.

- **빈도리**(단엽)

  말발도리와 비슷하지만 줄기 속이 비어있어 빈도리라 부른다. 잎은 마주나지만 한 장씩 달리는 단엽이다. 자세히 보면 앞뒤로 별 모양의 털(성모)이 가득하다.

- **남천**(복엽)

  중국 남천지역에서 자라는 식물이다. 빨간 열매를 달고 있는 키 작은 나무이다. 겨울에 빨간 열매를 주렁주렁 달아 눈을 즐겁게 한다. 잎자루가 줄기에 겹겹이 쌓여 달리는데, 마디에서 나온 큰 잎들은 몽땅 합쳐서 한 장(복엽)이다. 겨울에도 낙엽지지 않고, 붉게 물들어 겨울을 난다.

x4
x1
x80
x5
x5
x40
x1.5
x10
x10
x5
x1
x10

05 담벼락 덩굴들

주변에서 담벼락을 타고 오르는 식물로는 담쟁이, 아이비, 능소화, 칡 등이 있다. 줄기 끝에 둥근 발바닥(흡착근)이 있어 벽에 착 붙어 가지를 뻗는다.

능소화의 '장님 이야기'에 대한 오해는 좀 풀린 듯하고, 건물을 둘러싼 담쟁이는 점점 더 뜨거워지는 지구의 온도를 내리는데 한 역할을 한다. 그래서인지 담쟁이가 잔뜩 붙어있는 오래된 건물을 보면 그 안은 시원할 것 같다. 가끔 벽이 상한다고 그 담쟁이를 다 뜯어내는 걸 보면 안타깝다.

담쟁이의 생존전략에는 독특한 방법이 있다. 담쟁이 잎을 자세히 보면 땅에 가까운 아랫잎들은 잎자루도 짧고, 크기도 작으며, 거치도 별로 갈라지지 않는다. 위로 갈수록 긴 잎자루에 잎은 크게 자라 손바닥보다 크다. 뜨거운 여름날 큰 잎 뒤에 작은 흰 꽃들이 피었다가, 열매가 맺히면 늦가을에 위에 달린 큰 잎은 긴 잎자루를 남기고 잎만 먼저 떨군다. 그 속에는 까만 작은 열매들이 다닥다닥 달려있다. 담쟁이는 열매들이 안전하게 제 역할을 할 때까지 지키고 싶은 엄마의 마음이 있나 보다.

이 그림을 그릴 때에는 아이비도 같은 가족인 줄 알았다.

06 열매

사람들은 추운 겨울에 식물이 어떻게 지내는지 별로 관심이 없다. 풀은 땅 위의 부분이 사라져 어디에 뭐가 있었는지 기억조차 나지 않을 것이고, 나무는 앙상한 가지들만 보여주어 어떤 꽃이 피었는지 알 수가 없다.

식물들은 꽃을 피워 다양한 방법으로 많은 자손을 남기려고 한다. 꽃의 모습과 다양한 모양의 열매를 만들어 씨를 퍼뜨린다.

내 취미 중의 하나가 쓸데없는 관심과 수집이다. 늘 수집용 비닐과 작은 통을 갖고 다니면서 줍고, 채집한다. 나 때문에 후손을 만들지 못한 아이들에게 미안한 마음으로 작은 열매들만 모아 그렸다. 아는 열매를 만나면 참 반갑다.

열매 이름표

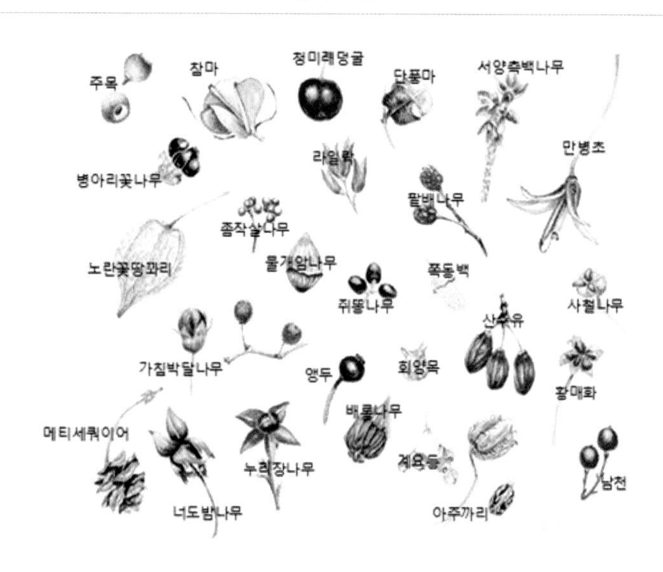

07 꽃다발

• 꽃 이름 : 거베라, 카라, 장미, 개맨드라미, 말냉이

Botanical art는 식물을 정확하게 그린 그림이다. 내가 종종 그리는 그림은 Botanical Illustration에 속하는 식물해부도이다. 식물분류학 전공자도 아닌 내가 식물의 차이를 찾아서 분류하고, 해부해서 정확하게 그려낼지 늘 조심스럽고 의문을 가진다.

식물 세밀화를 시작한 게 40대 후반이었다. 취미 하나 만들자는 마음으로 시작했는데, '잘한다'는 칭찬에 춤추는 고래(?)가 되어가고 있었다. 식물 그림의 개수가 늘어나면서 주변의 풀과 나무가 눈에 들어왔다. 이름이 궁금하고, 꽃이 어떤 모습인지, 열매는 어떻게 생겼는지 알고 싶어졌다. 책을 사고, 도서관에 가고, 풀 공부 모임에 쫓아다니고, 인터넷을 뒤지면서 광범위한 식물 세계에 발을 들이게 된 것이다. 체계적으로 배워 쌓인 학습이 아닌, 풀 하나를 놓고 이름부터 거꾸로 찾아 들어가야 알 수 있으니, 이 나이에 무슨 공을 더 쌓겠다고, 이 열정을 쏟나 싶다.

세월이 흘러 아직도 식물을 그리고 있다. 누군가를 가르치기도 한다.

지금은 원예종보다 야생식물에 관심이 많다. 그래도 가끔은 꽃집에 가서 이쁜 식물을 산다. 어느 날, 화원에 꽃다발을 사러 갔는데, 거베라 꽃 색이 너무 이뻐서 그 색에 맞춰 꽃다발을 만들어 달라고 했다. 그리고 그렸다.

식물을 그리는 여자

낀 세대의 식물 세밀화 이야기

초판 1쇄 발행 2023. 6. 22.

지은이 백희순
그린이 백희순
펴낸이 김병호
펴낸곳 주식회사 바른북스

편집진행 황금주
디자인 최유리

등록 2019년 4월 3일 제2019-000040호
주소 서울시 성동구 연무장5길 9-16, 301호 (성수동2가, 블루스톤타워)
대표전화 070-7857-9719 | **경영지원** 02-3409-9719 | **팩스** 070-7610-9820

•바른북스는 여러분의 다양한 아이디어와 원고 투고를 설레는 마음으로 기다리고 있습니다.

이메일 barunbooks21@naver.com | **원고투고** barunbooks21@naver.com
홈페이지 www.barunbooks.com | **공식 블로그** blog.naver.com/barunbooks7
공식 포스트 post.naver.com/barunbooks7 | **페이스북** facebook.com/barunbooks7

ISBN 979-11-93127-33-9 03810